Geschichten aus dem Geisterland
ISBN-NR: 9783837013634

Herstellung und Verlag:
Books on Demand GmbH
Gutenbergring 53
22848 Norderstedt

Uli Moll

Geschichten aus dem Geisterland

eine aufgeschriebene Lesestunde

Inhalt:

Gebrauchsinformation

Dieses Buch ist eine "aufgeschriebene Lesestunde".

Es enthält neben den Geschichten aus dem Geisterland Zwischentexte, die bei einer Lesung als Auflockerung im Smalltalk–Modus eingestreut werden.

Es wird empfohlen, zwischen diesen Sequenzen und den eigentlichen Geschichten jeweils eine kurze Pause einzulegen, die nach Belieben für eine Zigarettenpause, das Nachschenken von Getränken oder andere Bedürfnisse genutzt werden kann.

Das Auslassen dieser Texte geschieht auf eigene Gefahr.

Guten Abend.

Ich erzähle Ihnen heute Geschichten aus dem Geisterland. Und daher muss ich wohl erst einmal erklären, wo und was das Geisterland ist, denn ich denke, niemand von euch war jemals dort. Ich übrigens auch nicht, aber das ist eine andere Geschichte.

Geisterland wird die Gegend nördlich des Eichenburger Landes genannt, und das finden wir im heutigen Mittelschweden – allerdings erst in ferner Zukunft.

Diese Weltengegend hat diesen eigenartigen Namen von einem eigenartigen Volk bekommen, von den Elfen. Und die Elfen wiederum habe ich erdacht, ungefähr so, wie Karl May die Indianer erdacht hat – Howgh!

Meine Elfen sind nicht zu verwechseln mit den Elfen, Elben, oder Alben anderer SchriftstellerInnen, ebenso, wie Karl Mays Indianer nicht zu verwechseln sind mit denen Coopers, oder gar mit den amerikanischen Ureinwohnern: meine Elfen sind – mehr oder weniger – normale Menschen.

Der Name leitet sich ab von "T´Elfen G´stz b´Volken", was in der Sprache der Elfen bedeutet: "Die die elf Gesetzte befolgen". Sie nennen ihre Häuptlinge "Vater", heilkundige Frauen "Mutter" und sich gegenseitig "Bruder" und "Schwester" und wandern in Zügen von bis zu zweihundert Personen durch die Weltgeschichte.

Ach ja, die Weltgeschichte: Die lag zu dem Zeitpunkt, da das Eichenburger Land gegründet wurde so ziemlich in Scherben.

Das ist für die Weltgeschichte ein fast normaler Zustand: Andauernd zettelt irgendein Alexander oder Napoleon mittelgroße Kriege an, wenn es nicht anders geht wegen der Frage, ob man die Psalmen in Latein zu singen habe oder die Volkssprache auch zulässig sei. Diese Siegfrieds oder Georges landen dafür auch regelmäßig in den Geschichtsbüchern, oder wenigstens in den Heldensagen. Aber: diesmal war das anders.

Weil nämlich nach dem Gesteche und Gehaue um die Verteilung der letzten Ölvorräte nicht mehr viele Leute übrig geblieben waren, und vor allem: Die wenigen, die es noch gab, wähnten sich allesamt als Verlierer. Damit hatten sie sicher auch recht, aber es ist eben so: Nur Sieger dichten Heldenepen, anstatt aus der Geschichte zu lernen.

Nun, das ist alles furchtbar lange her.

Entschuldigung.

Das wird furchtbar lange her sein, irgendwann. Fast sieben Jahrhunderte sind vergangen, seitdem das Land Eichenburg gegründet wurde, und seit urdenklichen Zeiten kommen regelmäßig Elfenzüge ins Land, um Handel mit exotischen Waren zu treiben, Kunststückchen und Tänze gegen Entgelt vorzuführen, den Leichtgläubigen aus den Handlinien die Zukunft zu deuten und gelegentlich ein Huhn zu stehlen, wenn man nicht aufpasst.

Außerdem erzählen sie Geschichten, von fernen Ländern und Völkern, von riesigen Bären und Elchen, die sie gejagt haben und von Askar, dem Geisterland.

Dort, so erzählen die Elfen, leben die Geister der Dunkelheit und des Lichts – wobei die Dunklen in der Mehrheit sind. Und wenn Menschen es wagen, sich im Geisterland aufzuhalten, wenn es Winter wird, dann versuchen die dunklen Geister alles, die Leichtfertigen zu verderben.

Nun, was die Elfen erzählen, muss niemand unbedingt glauben – schließlich fehlt ihnen die wissenschaftliche Bildung – und eine gehörige Portion Skepsis ist sowieso ratsam, bei jedem Geschichtenerzähler.

Die Elfen sehen das gelassen, wie ich übrigens auch: Ob die Geschichten geglaubt werden oder nicht, sie werden erzählt. Dafür sind sie da. Und es steht jedermann frei, selbst zu überprüfen ob es sie gibt, die Bären, die fernen Länder und die Geister, dort oben im Norden.

Viel Spaß! Oder: "Gute Wege und sichere Lager", wie die Elfen sagen.

Geisterland

`Was für ein abergläubisches Volk!´ dachte Klaus, und hätte er den Gedanken ausgesprochen, wäre ohne Zweifel eine gehörige Portion Verächtlichkeit in seiner Stimme zu erkennen gewesen. Doch auch ohne dies schien der Elf seine Gedanken zu erraten und wiederholte seine Warnung:

"Von da aus in den Norden ist Askar, das Geisterland und du wirst ihnen begegnen! Darum, Bruder Klaus, wappne deine Seele, dass du unbeschadet hervorgehst aus diesem Treffen! Oder besser noch, gehe nicht, bleibe den Geistern fern!"

Klaus Feinschmied war verärgert ob dieser mageren Auskunft – er hatte nichts von Geistern wissen, sondern den Weg zu dem Ort, an dem seiner Ansicht nach die sagenhafte Stadt Hammerfest liegen musste, erfragen wollen. Trotzdem bedankte er sich bei dem Elf, dem "Vater" seines Zuges, wie es die Höflichkeit verlangte.

Klaus hatte immerhin einige Hinweise erhalten, die von Nutzen sein mochten, und berichtete seinen Kompagnons am selben Abend:

"Also, die Elfen sagen nichts über die Stadt, und das heißt, dass wir wahrscheinlich recht haben: sonst hätten sie uns gesagt, dass dort nichts zu finden ist. Für den ersten Teil gaben sie mir diese Karte, ich denke das ist nützlich – aber danach ist Essig. Geisterland nennen sie die Gegend, und offenbar haben die Elfen Angst vor Geistern – der Vater sagte was von: `so manchem ist dort sein Geist erschienen, und kaum einer ist davon-gekommen´ und hat ... ach was. Elfischer Aberglaube!"

Die anderen drei Pioniere schlossen sich seiner Meinung an, und am nächsten Morgen brach die Gruppe nach Norden auf, um die Stadt Hammerfest, oder genauer, die dort vermuteten Schätze zu entdecken.

Heiner war es, der die alte Landkarte in einem Archiv ausfindig gemacht und so den sagenumwobenen Ort lokalisiert hatte. Konrad hatte die meiste Erfahrung als Pionier und Frank war ein ausgezeichneter Jäger, aber weil Klaus als Einziger bereits im hohen Norden gewesen war, hatten sie ihn zum Anführer bestimmt.

Es war gewiss kein leichtes Unterfangen, einen Winter in diesen Regionen verbringen zu wollen, aber angesichts der Entfernung und der Unwegsamkeit des Geländes blieb keine andere Möglichkeit. Jedenfalls nicht, wenn man sich in den Kopf gesetzt hatte, die verlorene Stadt zu finden und ihrer Schätze zu berauben.

Kluge Planung und beste Ausrüstung sind unabdingbare Voraussetzungen, um im Nordland zu bestehen, zumal im Winter. Selbst die Elfen verlassen in der dunklen Zeit das Land, ziehen weiter nach Süden und überlassen die Gefilde nördlich des Polarkreises den Geistern zur alleinigen Verfügung.

Die vier Pioniere besaßen alles Notwendige: neben der Ausrüstung auch Klugheit und Ausdauer, und keinesfalls glaubten sie an übersinnliche Wesen.

Ohne größere Probleme erreichte die Gruppe das Gebiet, in dem sie die alte Stadt zu finden hofften – und tatsächlich fanden sie, was zu suchen sie gekommen waren.

Die Pioniere fingen sogleich an zu graben, zu vermessen und waren höchst erfreut, denn die Hoffnungen, mit denen sie ausgezogen waren, wurden von ihrem Fund weit übertroffen.

Dennoch vernachlässigten sie keineswegs die notwendigen Vorbereitungen für das Überwintern.

Immerhin waren sie Realisten: Besonders Klaus warnte beständig davor, sich zu hohen Erwartungen hinzugeben, denn auch der beste Fund musste erst geborgen und in die Heimat transportiert werden, bevor er irgendeinen Wert besäße.

Der Sommer verging schnell, zu schnell, um das Unternehmen abzuschließen und zurück zu gelangen, aber damit hatten die Pioniere ja gerechnet. Sie errichteten also eine Hütte, in der sie den Winter überdauern können würden, schafften Holz in Mengen herbei, jagten, sammelten und konservierten, was zu finden war und verschwendeten keine Zeit, denn jede Minute war notwendig für diese Vorbereitungen.

Dreizehn Tage, bevor die Sonne Ihren Winterurlaub antreten sollte, fanden die Pioniere die Reste eines Elfenzuges. Niemand würde je erklären können, was in dem Lager geschehen war, denn die beinahe einhundert Bewohner waren tot. Beinahe gleichzeitig gestorben und nicht vor allzu langer Zeit, stellte Klaus fest, denn die Wölfe hatten das Totenlager noch nicht heimgesucht. Eine Krankheit? Vergiftete Lebensmittel? Keiner der Toten wies eine Verletzung auf, und obwohl man den Eindruck gewinnen mochte, die Elfen wären recht ausgezehrt gewesen, so zeigten sich doch nicht die entsetzlichen Spuren einer Seuche.

"Vielleicht waren das die Geister", sagte Klaus, bevor er sich anschickte, ein Grab auszuheben. "Verdammte Bande, das macht drei Tage Werk für nichts."

"Lass sie doch," meinte Konrad, "lass sie liegen, es schadet ihnen doch nicht mehr."

"Aber uns," antwortete Klaus, "wegen der Wölfe. Wenn die einmal hier sind, dann ist Essig mit Jagd."

Ohne zu murren, weil der Vernunft mit Protest nicht beizukommen ist, schlossen die anderen sich der Arbeit an. Und im vierten Zelt fanden sie eine Überlebende.

Das Elfenkind mochte zwei Jahre zählen, und als Konrad es fand, schlief es in einem dicken Bündel Decken. Erst meinte der Pionier, ein weiteres Opfer des rätselhaften Todes gefunden zu haben, aber als er das Mädchen an den Füßen packte und aus dem Zelt zerren wollte, belehrte ihn eine kräftige Stimme eines besseren: Das Kind lebte, erfreute sich offenbar bester Gesundheit und hatte Hunger.

Keiner der Pioniere hatte sonderlich viel Erfahrung mit Kleinkindern, aber doch hinreichend, um zu wissen, wie man ein Menschenjunges füttert und kleidet, und vor allem: dass ein zweijähriges Kind bei allem Bemühen den Winter in der kleinen Hütte nicht überleben würde.

Wortlos unterbrach Klaus die Beerdigung, und wortlos wussten die Kompagnons, das es keine Rolle mehr spielte, ob das Totenlager Wölfe in die Gegend locken würde, und ebenso wortlos fanden sie sich ab mit dem Scheitern der Expedition – für dieses Jahr.

"Zwölf Tage – wir werden eine Menge zurücklassen müssen, wenn wir das schaffen wollen", murmelte Frank.

"Leider. Aber gewiss wird die Hohe Runde uns die Konzession verlängern. Es ist nur eine Verzögerung, kein Verlust", erwiderte Heiner.

"Quatscht nicht. Macht hin!", sagte Klaus in barschem Ton, der dem Kind ein Wimmern entlockte. Konrad schwieg.

Bei aller Eile, mit der die Pioniere ihre Habseligkeiten sortierten und das für einen Gewaltmarsch Notwendige einpackten, vergaßen sie doch nicht eine Pflicht dem Kind gegenüber.

"Es ist ein Elfenkind, und Elfen glauben eben daran. Wir müssen es tun, sonst ..."

"Na gut! Na gut! – aber es ist doch ein Blödsinn. Ohne Essen stirbt man und ohne Schlafsack im Winter, aber doch nicht ohne Namen. Gut. Wie nennen wir sie?"

"Lisa, nach meiner Mutter!"

"Quatsch nicht! Sie ist ein Elfenkind und braucht einen Elfennamen! Wer kann elfisch? Klaus?"

"Ein bisschen. Lass mich denken ... Szta Eskaska? Die aus dem Geisterland entkommen ist ... und wir nennen sie Astrid, das passt."

"Gut so! und du bist der Pate!". Sie brachen auf.

Am zweiten Tag des Gewaltmarsches, nach dem Abendessen, erfuhren die Pioniere, woran der Elfenzug so plötzlich ausgestorben war, weil Heiner, der sich ein wenig entfernt hatte, nicht zurückkehrte. Bei seiner Leiche fanden sie Spuren heftigster Übelkeit, und in seiner Jacke ein Päckchen mit Beerenbrot, einer Süßspeise, die nicht zu Ihren Einkäufen gehört hatte. Offenbar hatte Heiner es gefunden und offenbar hatte er, genau wie die Elfen, nicht rechtzeitig bemerkt, dass die Nascherei verdorben war.

"Anscheinend nicht sauber hergestellt – Schimmelpilz, vielleicht. Die Elfen müssen sich langsam vergiftet haben."

Frank stellte seine Diagnose mit kalter Stimme, offenbar war er eher zornig als betrübt über Heiners Tod. "Hätte er das Zeug nicht so in sich reingefressen."

"Aber andererseits: dann hätte er es vielleicht mit uns geteilt", konterte Klaus.

"Wenn er`s versucht hätte, dann würde er noch leben: Wer ist so blöde, Fundsachen aus einem Totenlager zu fressen?", meinte Konrad.

Sie verteilten das Gepäck des Toten auf die verbleibenden Schultern, und Klaus, der das Kind – der Astrid zu tragen hatte, trennte sich nicht ohne Bedauern von einigem Besitz, da sonst seine Last zu groß gewesen wäre. In den bereits verschneiten Bergen ist es unabdingbar, seine Traglast so zu bemessen, dass jederzeit ein sicherer Tritt gewährleistet bleibt, denn schon ein geringes Ausrutschen kann schwerste Folgen haben.

Konrad und Frank bemerkten, dass Klaus einige Gegenstände sorgfältig in ein Tuch hüllte und das Bündel an seine Axt band, die er in Augenhöhe in den Stamm einer mächtigen Fichte geschlagen hatte. Sie wussten, dass Klaus sehr an dieser Axt hing, die von seinem Großvater stammte und einen Wert von gewiss zehn Taglohn hatte, aber Klaus lehnte ihr Angebot, das Bündel für ihn zu tragen, brüsk ab: "Nur was wichtig ist. Wenn hier einer stürzt, dann … Ich habe das Kind."

Am vierten Tag um die Mittagszeit stürzte Konrad. In seinem Rucksack fand Frank ein Paket mit gut zehn Kilogramm Silberplatten, ein Fund, der vor einigen Tagen für große Freude unter den Pionieren gesorgt hatte, denn Silber war für die Manufakturen von hohem Wert, und diese zehn Kilo wären etwa 60 Taglohn wert gewesen – in der Heimat.

Stattdessen hatten sie dazu geführt, dass Konrad auf dem steilen Pfad stolperte und hatten im Aufprall sein Rückgrad zerschlagen.

Frank wurde jetzt wirklich wütend: "Scheiße, verdammte, erst ein verblödeter Fresser, dann ein Gierhals ... " offenbar wollte er noch fortsetzten, zwang sich aber zur Ruhe. Klaus schwieg – was gab es auch zu reden? Was nutzte es, auf die Toten zu schimpfen, so richtig es auch war, dass ihretwegen Frank und er – und besonders sein Patenkind – jetzt in einer tiefen Klemme steckten.

Sie ließen alles zurück außer den Zeltplanen, den Schlafsäcken, den wenigen Vorräten und Franks Jagdwaffen.

Am sechsten Tag gingen die Vorräte zu Ende. Nur einige Konserven mit Milch, ein wenig Grieß und zwei Büchsen mit Obst waren übrig, und diese waren für Eskaska bestimmt.

Frank hatte kein Glück bei der Jagd, und Glück hätte er gebraucht: Die Zeit, einem Wild nachzuspüren oder aufzulauern gab es nicht. Wenige Beeren und Wurzeln konnten zwei schwer beladene Wanderer nicht sättigen. Am achten Tag waren die Pioniere hungrig, und am neunten beschloss Frank, in einer verzweifelten Aktion für Nahrung zu sorgen.

"Es hat keinen Wert! Wenn wir marschieren, dann vertreiben wir alles im Umkreis, also: Du bleibst hier mit dem Kind, und ich gehe ohne Gepäck einen Viertelmarsch zurück – dann finde ich schon etwas." Klaus stimmte dem Plan zu.

Frank war ein erfahrener Jäger, und als solcher wusste er wohl, wie gering die Aussicht auf eine Jagdbeute war: Die meisten Tiere wandern winters nach Süden, und was bleibt, schläft zumeist. Aber Frank hatte Hoffnung.

Am Abend des neunten Tages hatte Klaus sich schon in seinen Schlafsack gerollt, mit Eskaska in den Armen – er nannte das Kind jetzt immer bei seinem Elfennamen, dass es sich an diesen gewöhnen konnte –, als ein Geräusch die Rückkehr des Jägers ankündigte. Vorsichtig, um das Kind nicht zu wecken, stand er auf und ging Frank entgegen. "Und ?"

"Es gibt nicht viel," sagte Frank, "eigentlich nur ..."

Plötzlich war Klaus hellwach. Irgendetwas in der Haltung, vielleicht auch in der Stimme oder den Augen des anderen verhieß Gefahr ...

"Eigentlich," fuhr Frank fort, "gibt es nur noch die Konservenmilch und das Kind ..." Der Jäger hob seine Axt.

Als Klaus aufwachte legte irgendjemand ein Bündel neben ihn, das er gleich als die schlafende Eskaska erkannte, und eine Stimme sagte: "Wir sind zur rechten Zeit gekommen, Bruder Klaus. Wir haben dein Feuer bemerkt, und wir sahen den Jäger, der zum Mörder werden wollte. Er ist tot."

Nachdem Klaus dem Vater des Elfenzuges berichtet hatte, sagte dieser: "Du siehst: meine Warnung war nicht ohne Grund. Wir danken dir, dass du das Kind gerettet und ihr einen guten Namen gegeben hast – nur bedeutet Szta einfach Schwester, und diese ist noch Dauta, Tochter. Sonst hast du aber alles recht gemacht, Bruder Klaus, oder besser: Snta, der gute Klaus, wie wir dich nennen werden."

Weit oben im Norden versammeln sich Gestalten um ein weithin leuchtendes Feuer. Hier, und nur hier haben sie Gestalt und Stimme, und nur in dieser einen Nacht des Jahres, in der Nacht, in der die Geister sich versammeln.

Einer für mich, sagte Selbstsucht, der Anführer der Geister des Dunklen, *und einer für habgier*. Eine weitere Gestalt warf ein: *Du vergisst ... .Ja, und einer für dich, dummheit, wie immer.* fuhr Selbstsucht fort.

Doch zwei auch für mich! ertönte ein Einwand, *und damit ...Wir wissen: damit hast du gewonnen.Schon wieder. Doch wieso zwei?*

Vergiss nicht das kind. Bürgersinn lächelte.

Seit Äonen versuchten die Geister der Dunkelheit, ihn zu schlagen, ihm alle seine Anhänger zu nehmen, um so das Recht zu erwerben, der Menschheit endlich den Garaus zu machen. Aber während er die Seinen beschützte, töteten Selbstsucht, Dummheit und Habgier die, die Ihnen zu folgen gewillt waren.

Zumindest hier, im land der geister dachte Bürgersinn mit einem gewissen Bedauern, für das er sich sogleich selbst tadelte.

16

Ach ja, mögt Ihr einwenden, die Vorstellung, das Polarlicht sei der Widerschein eines Lagerfeuers, um das Geister sich versammeln, ist ja recht romantisch – aber dass die Menschheit von Habgier, Selbstüberschätzung und Dummheit bedroht wäre, erscheint uns absurd ...

Nun, würde ich darauf antworten, immerhin sind das hier Fantasy–Geschichten. Und nachdem ich schon auf Drachen und Prophezeiungen verzichte, keine magischen Schwerter und Ringe verwende und keine dunklen Lords oder spärlich bekleidete Schwertkämpferinnen auftreten lasse, erlaube ich mir ein paar andere – nun, ja – phantastische Ideen.

Im Geisterland herrschen also Selbstsucht und Dummheit, und es bedarf schon einiger besonderer Qualitäten, um den Geistern der Dunkelheit nicht auf den Leim zu gehen.

Glücklicherweise ganz anders sieht es in Eichenburg aus: Die Regierung im Land Eichenburg ist besonders fürsorglich, die Politiker und Kaufleute durchweg ehrlich – was wohl im Wesentlichen daran liegt, dass Werbung unbekannt ist – und die Menschen zumeist fröhlich und zufrieden.

Die Landeswährung, der Taglohn, unterliegt keiner Inflation, wahrscheinlich, weil die Finanzwissenschaften an den Universitäten nicht gelehrt werden, und bei einiger Sparsamkeit reichen acht Tage für den ganzen Monat.

Trotzdem gibt es auch im Eichenburger Land gelegentlich Probleme – worüber sollte ich denn auch schreiben, wenn alles Friede, Freude und Eierkuchen wäre?

Normalerweise behelfen sich Autoren damit, das die heile, überschaubare Welt ihrer Helden von außen bedroht wird – das vermeidet die Notwendigkeit, sich mit den Geistern im eigenen Land auseinander zu setzten.

Von irgendwo her drohen Orks oder Klingonen oder Indische Informatiker einzufallen, und dann dürfen die Guten mal wieder die Welt retten.

Aber, seien wir ehrlich! Niemand ist ernsthaft daran interessiert, von den schönen Dingen zu erfahren, die anderen Leuten begegnen. Nein, Einschaltquoten und Auflagenzahlen bekommt man mit Mord und Totschlag und Aktion, bestenfalls noch mit den Lebenserinnerungen von Leuten, an die sich niemand erinnern möchte.

Man stelle sich vor, ein kompetenter Sozialarbeiter hätte sich frühzeitig um Duweistschonwer gekümmert. Oder die böse Hexe des Nordens hätte eine anständige Therapie gemacht, Dr. No hätte schon im Sandkasten eins auf die Goldfinger gekriegt und Jocker[1] eine fähige Kosmetikerin gefunden ...

Eben.

Das Leben – und vor allem die Literatur – wäre langweilig ohne die Bösen, ohne Feinde

---

1 Der entstellte Böse aus Batman

Josts Feinde

Jost fühlte sich vollkommen sicher, seit er die Grenze überschritten hatte. Hier im Außenland würde keiner seiner Verfolger ihn zu finden imstande sein und Jost rechnete fest damit, verfolgt zu werden. Wie könnte es auch anders sein: Nachdem er diesen Gecken erschlagen und der Leiche die Börse abgenommen hatte, mussten die Wachen in helle Aufruhr geraten sein: Sicherlich hatten die Detektive unverzüglich die Ermittlungen aufgenommen, und – dessen war Jost sicher – schnell herausgefunden dass nur er, Jost, der Täter sein konnte.

Doch Jost war sicher vor seinen Häschern, denn so überlegen die Wachen auch im Lande sein mochten mit ihrer teuren Ausrüstung: hier im Außenland nützten ihnen das wenig. Kein Fernschreiber reichte hierher, um die Bewohner von Höfen und Weilern aufzufordern, ihn zu verhaften, und jenseits der Landstraßen konnten sie ihm mit ihren schnellen Rädern nicht nachsetzen.

Das Außenland hatte Jost verschluckt, und hier, wo nur der Mann zählte, nur Kraft und Geschick und Wille allein, hier würde er ihnen entkommen.

Ja, in der Stadt, wo die Wachen immer zu zweit Streife gingen, wo an jeder Ecke ein Posten stand, da hätten sie ihn leicht gefangen, vor Gericht gezerrt und schließlich den Ärzten übergeben, da hätte er keine Chance gehabt.

Nach der letzten Verhandlung – wegen einer Rauferei, bei der er seinem Kontrahenten die Nase gebrochen hatte, um anschließend ein paar Rippen zu zertreten – da hatte die Richterin deutlich gesagt, dass beim nächsten Mal die Kur fällig wäre.

Die Kur! Sie hatten es einen Fortschritt genannt, als sie anfingen, Straffällige in dieses Anti– Aggressionsprogramm zu stecken anstelle der Haft. Resozialisierung – Bockmist! Jost kannte einen, dem die Kur verschrieben worden war, ein Kumpel, mit dem er schon dreimal auf Pionierfahrt gegangen war – und der behauptete auch noch, jetzt glücklicher zu sein als vorher, obwohl er seitdem keine Frau mehr gehabt hatte, kein einziges Mal, und auch nicht mehr mittrinken wollte – sogar einen Job bei der Manufaktur hatte dieser Idiot angenommen. Das kam gar nicht in Frage!

Jost hatte sich alles überlegt: mit zwei–, dreihundert Taglohn könnte man in den Herzogtümern ganz neu anfangen, und da drüben gab es keine verdammten Ärzte, die einem mit der Aggression auch die Potenz austrieben. Da zählten Männer auch noch, nicht wie in der Weiberwirtschaft hierzulande. Das Problem war nur das Kapital.

Als dann dieser Geck – einer der eitlen Herren mit feiner Kleidung und Manieren – in der Kneipe einen Kaffee trank, seinen Beutel zeigte und dabei erzählte, er warte auf die Öffnungszeit der Kasse, um ein Segelboot zu bezahlen, das am Vortag geliefert worden war, da hatte Jost zugegriffen.

Zugeschlagen vielmehr, mit einem Pflasterstein in der Gasse. In dem Beutel waren über fünfhundert. Das war's eben: schnelle Entschlüsse, Tatkraft, Zielbewusstsein und Mut – alles Eigenschaften, die Jost besaß, und seine Feinde eben nicht. Deshalb verfolgten sie ihn auch, deshalb drohten sie mit der Kur, und deshalb …

Danach musste es schnell gehen: zurück in die Herberge, die wichtigsten Sachen zusammengerafft, frische Kleidung – die Blutflecken hätten ihn sogleich verraten – und ab. Glücklicherweise fand Jost sofort einen Lastzug, der ihn bis beinahe zur Grenze mitnahm, so dass er diese schon hinter sich gelassen hatte, bevor die Fahndung in Gang gekommen war. So war er ihnen entkommen, allen den Todfeinden, die ihm beständig nachstellten: den Richtern wie den Ärzten, den Hohen Damen und Herren mit ihren Gesetzten und Einschränkungen, diesem ganzen verdammten Land, wo alle beständig an einem herumkrittelten, sobald man ein bisschen Tatkraft zeigte.

Vorsichtig wich Jost auf seiner Wanderung den vereinzelten Siedlungen des Nordlandes aus um seinen Verfolgern keine Spur zu hinterlassen, aber das bedeutete auch einiges an Entbehrungen: Bei der großen Eile, mit der er aufgebrochen war, hatte er nicht die Zeit gefunden, seine gesamte Ausrüstung zusammen zu suchen, und etliche Kleinigkeiten fehlten Ihm nun.

Jost hoffte auf die Begegnung mit einem einsamen Wanderer, um seine Ausstattung zu vervollständigen, aber die Chance war gering: zu dieser Jahreszeit – der Spätherbst wich bereits dem Winter – war kaum mehr jemand, und sicher niemand allein, in diesen Regionen unterwegs.

Das war es, was die Bürger des Landes für Jost so unerträglich machte: bei jeder Gelegenheit behaupteten sie, ein Einzelner könne dies nicht und das nicht, man wäre immer aufeinander angewiesen – und müsse daher Rücksicht üben, sich anpassen und … und so weiter.

Verdammt. Jost brauchte niemanden, denn er war stark und erfahren, voller Tatkraft und ein Mann mit Ideen. Niemand konnte es mit ihm aufnehmen. Vor allem deshalb nicht, weil Jost alle seine Waffen mitführte: im Gegensatz zu Kochgeschirr und Zeltbahn hatte er Messer, Bogen und Axt natürlich griffbereit gehabt.

Nachdem Jost sich von der Landesgrenze weit genug entfernt glaubte, erlegte er täglich ein Stück Wild für das Abendessen, ein Kaninchen, ein Reh und einmal ein Wildschwein. Aber am zwölften Tag seiner Flucht widerfuhr ihm ein schweres Missgeschick: Die Sehne seines Bogen riss, als er auf einen Elch zielte.

Neben dem Ärger, auf die Abendmahlzeit verzichten zu müssen hatte Jost den Verdruss, den Hersteller der Sehne nicht verklagen zu können – obwohl der sich wahrscheinlich mit dem Hinweis auf irgendwelche Pflegeanleitungen herausgeredet hätte. Jost fand die Ersatzsehne nicht in dem Beutel, in den sie hineingehörte, und hatte bereits sein gesamtes Gepäck durchsucht, bevor es ihm einfiel: Schon bei der letzten Jagd hatte er die Ersatzsehne aufgespannt, und es versäumt, sogleich eine neue anzuschaffen.

Jost bedauerte nun, von dem zuletzt erlegten Wildschwein nicht mehr als den einen Schinken mitgenommen zu haben, aber wer konnte damit rechnen, dass diese unnötig erscheinende Last jetzt nützlich gewesen wäre? Doch egal! Es konnte nicht mehr weit sein bis in die Herzogtümer, und zwei, drei Tage ohne Frischfleisch würde er wohl in Kauf nehmen können: Sobald er sein Ziel erreichte wäre ein Gelage fällig, um Freiheit und Reichtum gebührend zu feiern.

Am sechzehnten Tag seiner Flucht entschied Jost, eine Ruhepause einzulegen. Morgen würde er die Grenze der Herzogtümer erreichen, dann wäre er seinen Feinden für immer entkommen – und Jost gedachte nicht, diesen Triumph zu schmälern, indem er seine neue Heimat erschöpft und ausgelaugt betrat. Also sammelte er während des kurzen Wintertages nur ein wenig Holz zu einem Feuer und beschloss, dem Anlass entsprechend, die wohlbehütete Flasche mit dem Brandwein zu öffnen.

Nachdem er die letzten kärglichen Vorräte gegessen und die Flasche zu mehr als der Hälfte geleert hatte, rollte Jost sich in froher Stimmung in seinem Mantel zusammen und schlief den Schlaf der Siegreichen – und wie in jeder vorhergegangenen Nacht erwies sich der Sack mit dem erbeuteten Reichtum als wesentlich besseres Ruhekissen als ein noch so reines Gewissen es je hätte sein können.

Morgen! Schon früh bräche er auf und am Abend wäre er an seinem Ziel, frei und reich! Die Vorstellung allein vergoldete ihm den Schlaf.

Josts Träume wurden abrupt beendet, als es anfing zu schneien. Die Sonne stand bereits wieder tief am Himmel und Jost erkannte, dass er den glücklichen Tag verschlafen hatte. Jetzt noch aufzubrechen wäre Blödsinn, also nutze Jost das restliche Tageslicht, um noch ein wenig Holz zu sammeln und verschob seinen Triumph auf morgen.

Einzuschlafen vermochte er nicht. Er kauerte sich an das Feuer, wartete ungeduldig auf das Ende der Nacht, fluchte gelegentlich über den Schneefall und trank, in Ermangelung anderer Vorräte, den Rest aus der Flasche.

Es war nur ein kleines Feuer, und Jost fror in seiner feuchten Kleidung – aber mit dem wenigen Brennmaterial musste gespart werden. Hätte ich nur mehr Holz gefunden, dachte Jost, oder wenigstens …

Das Geräusch von Schritten in dem verharschten Schnee lies ihn auffahren. Es konnte nicht sein! Sollten die Häscher ihm tatsächlich bis hierher gefolgt sein? Jost tastete nach seinem Messer, aber seine kalten Finger konnten es kaum finden.

Vielleicht … vielleicht sollte er die Feinde erst herankommen lassen, sich stellen als ergäbe er sich in sein Schicksal? Gewiss hatten die Wächter genügend Brennmaterial, gewiss auch Mundvorrat, und nachher, wenn er wieder bei Kräften wäre, dann die Feinde überwältigen und die Flucht fortsetzen!

Jost schob das Messer mit klammen Fingern in den Stiefelschaft, wobei er einen kleinen Schnitt an der Wade in Kauf nahm – Sie durften die Waffe nicht finden, dann hätte er eine Chance.

Das trüb flackernde Licht des kleinen Feuers reichte eben aus, um Jost einen Schatten erkennen zu lassen, der sich näherte. Eine, – zwei, – drei Gestalten näherten sich lautlos und setzten sich um das notdürftige Lager. Keiner der Ankömmlinge sprach ein Wort, noch machten sie irgendwelche Anstalten, das Feuer zu schüren oder Mundvorrat hervorzuholen, und kein Zeichen, dass sie ihn zu überwältigen, zu verhaften, vor Gericht zu bringen gedachten.

"Wer seit Ihr?" brachte Jost mühsam hervor, "Und was wollt ihr hier?"

wir sind deine feinde, sagte eine der dunklen Gestalten. *wir sind dir gefolgt.*

"Bis hierher? Um mich zur Gerechtigkeit zu zerren?" Josts Stimme war schwach, aber er konnte ihr doch einen zynischen Ton verleihen.

gerechtigkeit ist nicht hier, erwiderte einer der Schemen, *gerechtigkeit folgt dir nicht.*

nur wir, ergänzte die zweite Gestalt *wir folgten dir dein leben lang.*

obwohl keinem feind so leicht zu entkommen ist wie uns …, setze die Dritte hinzu.

ich bin nachlässigkeit sagte die Erste und warf eine Handvoll Schnee in das Feuer, das sofort erlosch.

ich bin selbstüberschätzung, meinte die Zweite, die Jost niederzwang, als er aufzuspringen und noch einmal zu fliehen versuchte.

und ich bin habgier, ergänzte die Letzte, als Josts verzweifelt tastende Finger keine Waffe fanden gegen die Feinde, auch kein Brot gegen den Hunger und kein Licht gegen die Dunkelheit, sondern allein den Beutel mit dem eroberten Reichtum ...

Ja, eine böse Geschichte war das. Aber so geht's, wenn man sich mit den dunklen Geistern einlässt: irgendwann präsentieren die ihre Rechnung. Menschen halten so etwas für Gerechtigkeit, jedenfalls manche. Andere bedauern den armen Jungen, weil , der hatte doch bestimmt eine schwere Kindheit und ist nicht richtig gefördert worden ...

Ich muss zugeben, es hat mir richtig Spaß gemacht, diesen Jost umzubringen, trotz seiner schweren Kindheit. Immerhin weiß ich genau, dass es nicht an mangelnden Hilfsangeboten lag, dass er so ein Mistkerl wurde.

Nun ja, nicht jeder, der sich verweigert, der nicht mitmacht, wird deswegen gleich böse. Nicht über jeden können die Geister der Dunkelheit Macht gewinnen – nicht einmal dann, wenn die Beweislast zu Ungunsten der Protagonisten umgekehrt würde.

Was ich damit meine ist einfach: Im Widerspruch zu Willi Busch sage ich: "Das Böse, dieser Satz steht fest, ist stets das Gute, das man lässt". Und es gibt sie, die Unbeteiligten, die Weggucker und Nichtwahrhabenwoller, die Verschweiger und Beschöniger (Göttin verzeih, dass ich aus Gründen der Lesbarkeit auf das große "–Innen" verzichtet habe).

Dumm sind die nicht, die sich heraushalten, und meist auch nicht habgierig. Auch übermäßiger Stolz kann ihnen nicht vorgeworfen werden, so wenig wie Geiz, Neid, Trägheit, Unkeuschheit, Unmäßigkeit oder Zorn[2]

---

2)   das sind übrigens die Todsünden nach Paulus

Rein literaturtechnisch sind solche Leute ein Problem – Welchen dunklen Geist könnte ich schon einem solchen Sozialdementen auf den Hals hetzten? Schicksal? Verhängnis?

Bloß nicht! Mit der Figur "Schicksal" ist dem Gespenst "Prophezeiung" Tür und Tor geöffnet, und dann ist der dunkle Lord kaum noch fernzuhalten ...

Und außerdem: Sie tun ja auch nichts böses, nicht direkt – jedenfalls solange sie kein Regierungsamt bekleiden – und es wäre eine Ungerechtigkeit, jemanden zu strafen, dessen Gewissen rein ist.

Glücklicherweise gibt es ja noch andere Mittel und Wege, mit solchen Leuten fertig zu werden.

Die Andere

Ben von Waldhof packte seine Ausrüstung gewissenhaft wie immer auf den kleinen Schlitten, trank den Rest des Tees aus und löschte das Feuer sorgfältig mit mehreren Ladungen Schnee, bevor er aufbrach.

Für den heutigen Tag hatte er eine Höhle etwa in etwa 30 Kilometern Entfernung zum Ziel erkoren, wo er für eine Woche zu kampieren gedachte. Ein Marsch über diese Distanz, noch dazu während der dunklen Tage im Nordland, gilt als unmöglich, aber Ben, der solche Leistungen schon mehrfach erbracht hatte, scherte das nicht.

Ben dachte gar nicht erst darüber nach – so wie über vieles andere nachzudenken ihm nie in den Sinn kam. Dass sein Vorname – Benjamin – für einen mehr als zwei Meter großen Hünen lächerlich wirkte, dass sein Großonkel noch immer verärgert war, weil er sich geweigert hatte, dass ihm oft bescheinigte Talent für eine akademische Laufbahn zu nutzten, dass er in nahezu jeder Anstellung ein vielfaches seines derzeitigen Einkommens erzielen könnte, – all das kümmerte Ben nicht.

Seit gut fünfzehn Jahren zog es Benjamin von Waldhof Winter für Winter in den Norden, und zwar allein. In den Höfen sprach man darüber genau wie in den Gasthäusern der Städte mit einer Mischung aus Bewunderung und Tadel, aber Ben interessierte sich nicht dafür, ob man ihn verstand oder über ihn redete.

Er wäre nicht einmal in Zorn geraten, wenn man ihm direkt ins Gesicht gesagt hätte, er sei ein Irrsinniger, denn nur solche könnten den Winter allein im Nordland verbringen wollen. Tatsächlich war ihm eine solche Gefühlsregung völlig fremd. Nun, wenn man mehr als zwei Meter groß und gut hundertzwanzig Kilo schwer ist – ohne ein überflüssiges Jota Fett zu besitzen – gerät man ohnehin selten in die Lage, zornig werden zu müssen.

Aber Bens Gleichmut ging weit darüber hinaus. Selbst, wenn er geahnt hätte, gerade in dieser Nacht Gegenstand eines Gesprächs zu sein, Teilnehmer und Inhalt dieses Gespräches gekannt hätte, Ben wäre davon unbeeindruckt geblieben.

wr ist schon wieder hier!, sagte eine dunkle Gestalt an dem blaugrün schimmernden Feuer. *das ist nicht recht!*

er ist immer hier – jedes jahr, seit anderthalb dekaden, erwiderte ein weiterer Schemen in der Runde, *und kein gesetz verbietet es*

aber es ist dumm! Er sollte mein sein!, beharrte die erste Gestalt.

nein, dummheit, du hast keinen teil an ihm – er ist klug genug, jedenfalls hat er noch jede deiner listen bemerkt – oder?

mein sollte er sein – denn er glaubt, hier allein bestehen zu können, meinte eine dritte Gestalt, aber erneut widersprach die Zweite:

nein, selbstüberschätzung, gewiss nicht: er tut einfach, was er tut und er weiß genau, was er erträgt.

doch dein ist er auch nicht!, insistierte ein weiterer Schatten, *denn er zeigt keinen bürgersinn, er bleibt für sich, allein.*

nun, du hast recht, erwiderte Bürgersinn, *doch er zeigt auch keine habgier – ich glaube langsam, keiner der geister, ob dunkel oder hell, hat teil an ihm.*

Die Runde der Geister um das Polarfeuer zuckte mit den Schultern – jedenfalls soweit dies einer Versammlung irrealer Gestalten möglich ist. Eine Sekunde darauf allerdings fuhren die Geister erschreckt zusammen, und hatten damit überhaupt keine Schwierigkeiten. Mitten in ihrem Kreis erschien eine freie Stelle – frei von Geistern, frei von Schnee – und von da erklang eine Stimme:

Du irrst! Ihr alle irrt!

Die Geister erkannten die Präsenz, und schwiegen betreten. Die Andere! Sie hatte bereits jedem von ihnen sicher geglaubte Siege gestohlen, und niemand erhebt Einspruch gegen die Äußerung einer überlegenen Macht.

Mit Ausnahme von Dummheit

Dieser entgegnete: *den bekommst auch du nicht! wir alle mühen uns schon so lange und ...*

Ein blendend weißer Blitz traf den dunklen Geist, der kurz aufleuchtete wie eine Gasflamme und dann verschwand – die Stimme duldete keinen Widerspruch. Doch schon nach wenigen Sekunden erschien Dummheit am erneut am Rande der Dunkelheit, nahm seinen Platz ein und fragte unbefangen i*st sie fort?*

Völlig unbeeindruckt, seiner selbst sicher und genug, ohne die Achtsamkeit zu vernachlässigen und zufrieden zog Benjamin von Waldhof in einigen hundert Schritten

Entfernung am Ort des Geschehens vorbei, wobei er seinen Schlitten mit Leichtigkeit hinter sich herzog.

Er sah, wo eine Spalte versteckt unter dem Schnee lauerte, versuchte niemals, den Weg über gefährliche Hänge abzukürzen und auch, als er bei seiner Wanderung ein Stelle entdeckte, die allem Anschein nach eine vergessene Ansiedlung barg, gelüstete es ihn keineswegs, die dort möglicherweise vorhandenen Schätze zu bergen. Statt dessen vermerkte er den Ort in seinem Gedächtnis, und im Frühjahr würde er die Information für ein paar Tagelohn an einen Pionier verkaufen.

Nichts konnte den Hünen aus der Ruhe bringen oder überraschen – fast nichts. Doch nicht ganz dreitausend Schritte von seinem Ziel entfernt bemerkte Ben etwas, was er um diese Jahreszeit in dieser Region zu finden niemals erwartet hätte: Menschen.

Ein verspäteter Elfenzug aus den Regionen nordöstlich der Ostsee, wie Ben an gewissen Eigenheiten der Ausrüstung erkannte, vielleicht hundert Köpfe stark und der Vater – der Anführer des Zuges – schien ungewöhnlich jung zu sein. Offenbar hatten sich die Elfen von anderen Gruppen abgespalten, um einen eigene Einheit zu begründen.

Ben näherte sich vorsichtig dem Lagerplatz und musterte den Elfenvater aufmerksam, denn bei neu formierten Zügen bestand immer die Möglichkeit, dass ein kriegerischer Kopf aufwieglerische Anhänger um sich geschart hatte, und dies hätte eine nicht ungefährliche Situation ergeben. Der Elf war groß, beinahe ebenso groß wie Ben, und ihm an Kraft gewiss ebenbürtig – vielleicht gar überlegen. Ben grüßte nach der Sitte des Nordlandes.

Einen halben Tag später saß Benjamin von Waldhof in seiner Höhle und starrte in die spärlichen Flammen eines sehr kleinen Feuers. Ganz entgegen seiner sonstigen Gepflogenheiten hatte er weder seinen Schlitten abgeladen, noch irgendwelche Vorkehrungen für die bevorstehende kalte Nacht getroffen. Nur gelegentlich schob er einen der hastig und unaufmerksam zusammengesuchten Äste in die Glut. Benjamin war ... verwirrt.

Die Begegnung mit den Elfen war gut verlaufen: Nach allen Regeln der Gastfreundschaft und noch darüber hinaus hatten die Elfen sich verhalten, hatten ihm sogar Bewunderung gezollt und Freude geäußert, endlich den legendären Jäger kennenzulernen, der schon seit langem unbeschadet die Dunkle Zeit hier oben verbrachte.

Beim Abschied schenkte der Vater des Zuges seinem Gast noch eine kleine, von ihm selbst angefertigte Schnitzerei aus Walzahn – ein überaus seltenes und daher kostbares Material.

Trotzdem war Ben ... beunruhigt. Nach einer Stunde des Zusammensitzens, nachdem er die für eine Begrüßung üblichen drei Bissen gegessen und drei Schlucke getrunken hatte, war er von einem seltsamen, ihm vollkommen neuen Gefühl überrascht worden.

Eine Art – Schwäche? Magenbeschwerden? Ben hatte von Magenbeschwerden bislang nur gehört, wenn auch seine Mutter immer behauptete, als Kind ...

Ärgerlich schob er den Gedanken beiseite. Irgendetwas war geschehen in dem Elfenlager. Gift? Unsinn! Der Elf war groß, stark und stolz, und außerdem in jeder

Hinsicht im Vorteil. Selbst wenn er geplant hätte, Ben zu überfallen – wozu hätte er sich die Mühe machen sollen?

Und schließlich: Als er diese seltsame Anwandlung verspürte, hatte der Elfenvater gelächelt, und beim Abschied bemerkt – nachdem die Formel "Gute Wege und sichere Lager" von beiden mit Ernst ausgesprochen war, wie es sich gehörte – "Wir hinterlassen dir ein Zeichen, wohin wir gehen."

Eine rätselhafte Bemerkung.

Benjamin erinnerte sich nur noch, dass ihn dieser ungewöhnliche Zustand genau in dem Moment überkommen hatte, als er die Elfen nacheinander ansah, und unter den gut zweihundert dunkelbraunen Augen zwei von verblüffend blauer Farbe entdeckte.

Zu den blauen Augen gehörte ein Schopf weißblondes Haar unter der Kapuze eines Parkas, aber ehe Benjamin diese für eine Elfe ungewöhnliche Erscheinung genauer hatte betrachten können, war es über ihn gekommen, dieser Schwächeanfall ...

Der einsame Jäger seufzte, schob mit dem Fuß Erde und Schnee auf das Feuer und erhob sich. Dieses Rätsel musste ergründet werden. Im Lager der Elfen.

Benjamin von Waldhof erreichte den Platz kurz bevor die andauernde Winternacht hell wurde – und war erneut überrascht: Anstatt des versprochenen Zeichens, wohin der Weg des Elfenzuges führen sollte, fand er ein Feuer, einen kleinen Holzstapel zu dessen Unterhalt und – in einen Parka und mehrere Decken gehüllt – einen Mensch.

Eine Elfin, unverkennbar eine Elfin, wenn auch das weißblonde Haar und die rätselhaft blauen Augen so gar nicht zu der Vorstellung von Elfen passen wollten.

Eine Stimme, die er schon seit Anbeginn zu kennen glaubte, sagte: "Sie haben erlaubt, dass ich auf dich warte. Die Mutter wusste, dass du kommst – aber der Vater bestand darauf, dass Holz für drei Tage da bleibt. Wir sollten wenigstens die Hälfte von dem Rest hier verbrauchen, bevor wir dem Zug folgen, sonst wird er ausgelacht."

Dummheit polterte: d*as ist nicht recht! solche dummheiten, die beiden sollten mein sein!*

Ein blendend weißer Blitz traf den dunklen Geist, der kurz aufleuchtete wie eine Gasflamme und dann verschwand – Liebe duldet keinen Widerspruch. Nach wenigen Sekunden erschien Dummheit erneut am Rande der Dunkelheit, nahm seinen Platz ein und fragte unbefangen i*st sie fort?*

der kerl lernt`s nie, dachte Bürgersinn ärgerlich, *und man kann ihn einfach nicht ausrotten.*

Ach, werdet Ihr sagen, ach, wieder die alte Leier: Liebe ist die höchste Macht, stärker als sogar die Dummheit – liest denn der Kerl keine Zeitungen?

Doch, tut er. Wenn auch mit wenig Freude an dem, was es da zu lesen gibt. Genau deshalb schreibe ich ja fantastische Geschichten, solche, in denen Dummheit sich nördlich des Polarkreises am Lagerfeuer sitzt – und nicht in einer Pressekonferenz.

Früher einmal hat der Glaube noch Berge versetzt – heutzutage müsste da mit zahlreichen Einwendungen gerechnet werden, denn schließlich gehören die meisten Berge irgendjemand – Liebe hat alle Ketten gesprengt – ein klarer Fall von Sachbeschädigung und Vandalismus – und Einigkeit hat stark gemacht.

Nun, Einigkeit steht bis heute nicht auf der Liste der verbotenen Substanzen im Leistungssport. Die verschiedenen Präparate (Solidarität, Treue und Zusammenhalt) sind allesamt legal und rezeptfrei – trotzdem werden sie kaum genutzt.

Auch das ist eine Modeerscheinung, eine Art gesellschaftliche Bulimie – der Schlanke ist am schmächtigsten allein – und wird zumeist unter der Aufschrift "Reform" oder "Liberalisierung" angeboten.

Liberalisieren, das hat so eine Bedeutung wie befreien – rein vom Wort her, meine ich. Aber es gibt da Unterschiede zwischen freilassen und freisetzten, wenn auch das Objekt in beiden Fällen ein Knecht gewesen sein mochte.

Eskaskas Erbe

Eskaska hatte ihre Entscheidung getroffen, und unmittelbar darauf war sie aufgebrochen. Ihr Ziel war – ... nein.

Es gab kein Ziel mehr. Über ein dreiviertel Jahrhundert lang hatte sie Ziele verfolgt, und die Mehrzahl auch erreicht. Sie hatte unermüdlich gearbeitet, hatte vier Kinder geboren und aufgezogen, hatte ihre Enkel und Urenkel betreut, an Krankenbetten ausgeharrt und Totenwache gehalten.

Sie war von Szta zur Mtt´r aufgestiegen, zur Heilkundigen, und hatte im Rat eine schwerwiegende Stimme – gehabt. Natürlich brachten die Jungen Eskaska allerhöchste Achtung entgegen, aber das änderte nichts daran, dass sie schwach geworden war, und ihre Traglasten nicht mehr bewältigen konnte, weder den Rucksack mit ihrer Ausrüstung, noch die Verantwortung für andere.

Die Wege, die der Elfenzug zurücklegte auf seiner endlosen Wanderung wurden immer länger, so schien es, die Hänge der Berge steiler und auch wenn sie morgens immer noch als erste aufstand, um das Feuer in Gang zu setzten, so wusste Eskaska doch, dass sie für den Zug mehr und mehr zur Belastung wurde.

Eskaska hatte beschlossen, die Ihren zu verlassen.

Zu einer Belastung für seinen Zug war, viel weiter im Westen, auch der junge Sigfr´d geworden, oder besser: Er war es immer gewesen. Niemand konnte behaupten, er sei bösartig, aber seine Wildheit konnte erschrecken. Und sein Eigensinn, sein Unwille, sich unterzuordnen sowie seine außergewöhnliche Kraft und Körpergröße hatten den Umgang mit ihm immer erschwert.

Nun aber war etwas geschehen, das in einem Elfenzug nicht zu dulden – nicht zu ertragen – war. Natürlich war es richtig, dass Wol´tr den Streit angefangen hatte, und dass Sigfr´d im Recht war – gewesen wäre. Aber der junge Mann hatte nicht den Vater des Zuges um einen Spruch gebeten, sondern seinen Kontrahenten mit einem wuchtigen Schlag niedergestreckt.

Es sprach zwar zu Sigfr´ds Gunsten, dass er den Bewusstlosen anschließend versorgt und ins Lager getragen hatte und sich zu seiner Tat stellte. Aber trotzdem: Der Rat konnte nicht anders, als Sigfr´d zu bitten, den Zug zu verlassen. Keine Stimme sprach dagegen, wenn auch Einigkeit darüber herrschte, dass der Verbannte sich seine Ausrüstung frei aussuchen durfte.

Sigfr´d zeigte sich zur Überraschung aller bescheiden bei der Auswahl der Dinge, die er für sich beanspruchte. Dann brach er auf – nicht mehr Sohn Sigfr´d aus dem Zug der Blauen Wölfe, sondern ein Ll´n, ein einsam jagender Elf.

Eskaskas Wanderung führte sie nach Nordwesten, ohne dass sie darüber viel nachgedacht hätte. Eine unbestimmter Drang lenkte sie in diese Richtung, vielleicht, weil sie dort geboren war – obwohl das niemand ganz genau wusste: Als Kleinkind hatte Eskaska als einzige eine Massenvergiftung ihres Zuges überlebt, und war von einem Pionier aus dem Geisterland gerettet worden.

Das bedeutete auch ihr Name: Die aus dem Geisterland entkommene. Nun, sie würde dahin zurückkehren, woher sie gekommen war.

Warum Sigfr´d seine Schritte nach Nordosten lenkte, war ihm selbst vollkommen klar: Noch nie war sein Zug in diesen Regionen unterwegs gewesen, und die vielfältigen Erzählungen über Askar, das Geisterland hatten ihn seit seiner frühesten Kindheit fasziniert.

Nur allzu gern würde er dem Geist begegnen, der ihn herausfordern wollte! Sigfr´d war immer unzufrieden gewesen mit den Gewohnheiten seines Zuges: Jahr für Jahr die Westküste hinauf- und wieder hinunter ziehen, von verschiedenen Fischergruppen die Beute erhandeln und dann auf dem Jahrmarkt in der Stadt verkaufen. Ein recht sicheres und bequemes Leben – aber ohne jede Herausforderung.

Langweilig.

Sigfr´d wusste, dass seine aufbrausende Art zum Großteil dieser Langeweile geschuldet war, und wenn er auch keinen Teil seiner Verantwortung abstritt – das verbot schon sein Stolz – so fühlte er sich doch befreit.

Der Nordlandsommer findet gewöhnlich ein schneller Ende, und von einem Tag auf den anderen eroberten Frost und Schnee das Land. Die wenigen Wanderhirten und Pioniere beeilten sich, die grenznahen Höfe zu erreichen, einige wenige Jäger sammelten sich in den vereinzelten Stützpunkten und festen Lagern, und Askar leerte sich von Menschen.

Eskaska begegnete niemandem auf ihrem Weg nach Norden, weil sie jedem Entgegenkommenden auswich

– womöglich hätte sonst ein verantwortungsvoller Pionier oder Jäger ihre weitere Wanderung zu verhindern gesucht. Auch Sigfr´d mied die wenigen Menschen, er genoss die Einsamkeit, wenn er auch merkte, das dieses Abenteuer ihm deutlich mehr abverlangte, als er vermutet hätte.

Mit jedem Tag wurde es kälter, und die täglich notwendigen Verrichtungen mehr und aufwendiger – tatsächlich vermisste Sigfr´d einige der Annehmlichkeiten, die das Leben in einem Elfenzug dem Alleinsein voraus hatte. Jemand, der das Feuer in Gang hielt, während er jagte, zum Beispiel.

Gerade hatte er einen Elch erlegt – nicht ohne ein schlechtes Gewissen, denn eine so große Beute nur für einen allein zu behalten widersprach den elfischen Sitten – und fühlte einen Anflug von Erschöpfung angesichts der Anstrengung und der Notwendigkeit, nach Feuerholz zu suchen, da bemerkte er schwachen Rauchgeruch.

Nun, irgendwann ist genug der Unabhängigkeit genossen, und Gesellschaft gewinnt an Reiz: Sigf´d bedeckte seine Jagdbeute mit Schnee und machte sich daran, der Geruchsspur zu ihrer Quelle zu folgen.

Eskaska haderte nicht, aber sie war auch nicht sonderlich zufrieden. Schon bei ihrem Aufbruch war klar gewesen, dass diese Wanderung ihre letzte sein würde, und dennoch: Irgendetwas fehlte ihr, um gelassen auf das Ende zu warten. Doch reichten ihre Kräfte nicht länger, und was auch immer sie hierher getrieben hatte – es würde sie finden müssen, den Eskaska war nicht mehr imstande, zu suchen.

Schließlich fand sie Sigfr´d, der einsam jagende Elf.

Es wurde ein ungewöhnlich kalter Winter im Geisterland, als hätten sich Kälte und Wind mit den dunklen Geistern verschworen, die beiden Elfen schnellstmöglich umzubringen – allein, es blieb ohne Erfolg.

Sigfr´d, der niemals zuvor in den nördlichen Regionen unterwegs gewesen war, erwies sich als gelehriger Schüler, und Eskaska als überragende Lehrmeisterin, nicht nur, was das Überleben im polaren Winter anging. Während der endlos erscheinenden Nacht – in diesen Breiten verschwindet die Sonne für fast drei Wochen völlig vom Himmel – lehrte die alte Elfe ihren jungen Gefährten alles, was sie im Laufe ihres Lebens erfahren hatte – vor allem aber, sich in Geduld zu üben.

Sigf´d hörte zum ersten Mal die alten Geschichten aus der Zeit, als es noch keine großen Städte gab und die wenigen Siedlungen fast nur durch die Vermittlung der Elfenzüge voneinander wussten und Handel trieben, erfuhr von den sagenhaften Gestalten G´org Smidl und Rob Bad-Pwell[3], die vor Urzeiten die elf Gesetzte formuliert hatten.

Der junge Elf lernte ohne Widerstreben auch Frauenarbeit zu tun: Eskaska überzeugte Ihn mit einem einzigen Satz: "Wie willst du jemals beurteilen, ob diese Arbeiten richtig gemacht werden, wenn du sie nicht selbst beherrscht? Und wie willst du frei sein?"

Die Herstellung von Heilmitteln gegen Mangelkrankheiten aus Blättern und Wurzeln oder Baumrinde, das Ausbessern von Bekleidung und Ausrüstung oder die Haltbarmachung von Vorräten – einiges davon

---

3) Georg Schmiedl & Robert Baden-Powell, die Gründer der Naturfreunde bzw. der Pfadfinder.

beherrscht ja jeder Elf, aber unter der Anleitung Eskaskas regte sich Sigfr´ds Interesse.

Schließlich wurde die Welt wieder warm und grün, und mit dem Frühling erfasst jeden Menschen die Unruhe – einen jungen Mann mehr als alle anderen.

"Mein Sohn" sagte Eskaska, "Ich sehe es nicht, weil du es zu verbergen suchst und meine Augen schlecht geworden sind, aber ich weiß: es zieht dich fort."

Und zum Beweis ihres nachlassenden Augenlichts erlegte sie für die Abendsuppe eine fliegende Krähe mit dem Wurfdolch. "Geh nur: du bist mir nicht verantwortlich"

Sigfr´d sah verlegen zu Boden, dann kämpfte er sich zu einem Entschluss durch: "Du hast recht, Mutter. Ich will und werde losgehen, einen neuen Elfenzug gründen – aber ..."

"Was aber?"

"Aber, wir müssen beraten, was von unserem Besitz ich mitnehme, und was dein ist."

Eskaska seufzte. "Ich brauche kaum noch etwas, in diesem Leben – nimm mit, was du willst, Vater des neuen Zuges – und: gute Wege und sichere Lager!"

"Das ist gut" meinte Sigfr´d und unterdrückte einen unziemlichen Ausdruck von Freude in seinen Zügen, "So höre: Ich denke, von allem hier in diesem Lager ... **alles** mitzunehmen. Besonders aber dich. Und widersprich mir nicht: Du hast schon zugestimmt"

Tatsächlich, dachte Eskaska, ich habe diesem Jungen wirklich alles beigebracht, was er braucht um einen Zug zu führen.

die sind uns entgangen – ich kann es nicht glauben!, meinte Dummheit später. *jeder einzeln so schwach! und doch ...*

jahrzehnte habe ich für die alte gebraucht!, rief Eigensinn empört, *und er war mein seit seiner geburt!*

und jetzt willst du behaupten, dies wäre ein zufall?, ereiferte sich Selbstsucht, *dass die beiden sich fanden und gegenseitig halfen ...?*

nein, das ist nicht mein verdienst, erwiderte Bürgersinn mit einem feinen Lächeln, *kein geist hat teil daran: es ist allein menschenwerk und menschenart. wie sonst hätten sie die jahrtausende überlebt?*

Ja, "an ihren Werken sollt ihr sie erkennen", schreibt Matthäus in dem auflagenstärksten Buch der Welt. Tatsächlich erstaunt es einen immer wieder, was da alles drinsteht, oder besser: dass sich das Werk trotzdem so gut verkauft. Muss wohl daran liegen, dass die Leserschaft die Längen zwischen den Aktionszenen überspringt.

(An dieser Stelle rechne ich mit Zwischenrufen)

Angeblich sind in Deutschland ja immer noch mehr Bibeln im Umlauf als Automobile – vielleicht, weil sie weniger besteuert werden. Andererseits ist völlig sicher, dass Bibeln seltener benutzt werden – die meisten Menschen glauben offenbar, dass ein Auto sie weiter bringt.

Nun, darüber möchte ich jetzt keine Diskussion anfangen, aber eines ist doch allen klar und einleuchtend: Ohne die Bibel, ohne die christliche Mythologie, würde dem Abendland etwas Wesentliches fehlen.

Nein, ich meine nicht die Leitkultur, sondern etwas, was unmittelbar alle und jeden angeht:

das Vorweihnachtsgeschäft. Der Herr ist erschienen – ein nicht näher bekannter Herr, offenbar in Eile und mit schlechtem Gewissen, weil er wiedermal kein passendes Geschenk für die Lieben daheim hat – und hat vier Stunden vor der Bescherung den Jahresabschluss und zwei Arbeitsplätze im Einzelhandel errettet.

Aber lassen wir uns die Laune nicht verderben von den an Fensterbrüstungen strangulierten Nikoläusen, von den Blinkgirlanden und Plastik–Rentieren, denn das ist alles nur Oberfläche, Beiwerk oder, bestenfalls, eine gut gemeinte Zugabe.

Ich möchte eine Zugabe lesen:

Wintersonnenwende

In diesem Winter war nicht ein einziger Mensch unterwegs im Geisterland. Kein Jäger oder Pionier suchte sein Auskommen zu finden, kein Elfenzug hielt sich in den frostigen Regionen auf und kein verirrter Wanderer gelangte ins Land der Geister.

Solcherart zur Untätigkeit gezwungen waren die Geister träge und beschäftigten sich nach ihren Vorlieben: Habgier webte Träume von Reichtum, Selbstsucht von Macht, Arroganz imaginierte ein überlebensgroßes Standbild seiner selbst und Dummheit sah mit großen Augen und offenem Munde zu.

Allein Bürgersinn war ein wenig rastlos, denn die Beschäftigung mit sich selbst widersprach seinem Wesen, und also versuchte er gelegentlich, mit den anderen Geistern zu sprechen.

Ein sinnloses Unterfangen! Völlig beschäftigt mit den Spiegelungen ihrer selbst ignorierten die Geister der Dunkelheit jeden Versuch, mit ihnen in Kontakt zu treten – mit Ausnahme von Dummheit.

Tatsächlich: in seiner endlosen Langeweile und seinem Desinteresse gefangen, fand Dummheit einige Abwechslung darin, Bürgersinn zuzuhören, und dieser wiederum hoffte, wenigstens ein kleines Licht des Verstehens in seinem Gegenüber entzünden zu können.

Also erzählt er Dummheit, was ihm vom Menschenvolk bekannt war, von Ihrer Art und ihren Sitten, von Hoffnung und Angst, die sie hegten aufgrund ihres sterblichen Wesens, und von ihren Festen.

Der Winter schritt fort und die Sonne verschwand vom Himmel, und eines Tages, als Bürgersinn den üblichen Konferenzplatz der Geister aufsuchte, fand er dort überraschenderweise alle versammelt.

Irritiert sah er sich um. Die Dunklen Geister waren mit Hingabe beschäftigt, den Platz zu reinigen und zu schmücken – anders konnte Bürgersinn es nicht nennen.

Arroganz mahlte mit goldenen Farben Ornamente in den Himmel, Stolz zeigte voller Stolz seine Schneemuster, Habgier versilberte einige Wolken, Selbstsucht ordnete den Feuerplatz neu und Dummheit – nun, Dummheit sah zu, wie üblich.

Aber, im Gegensatz zu seiner normalen gleichgültigen Miene hatte der dunkle Geist etwas Strahlendes, Freudiges in seinem Ausdruck, und Bürgersinn fragte sich, woran das wohl läge.

Wie um auf die unausgesprochene Frage zu antworten sagte Dummheit:

wir werden die wintersonnenwende feiern! sieh nur, wie schön der platz ist, sieh nur wie alle mittun! das feuer wird heller strahlen als je in dieser nacht!

ihr wollt – feiern? Das menschenfest feiern, das fest der hoffnung? ihr?

Bürgersinn war verwirrt. Sollten denn die dunklen Geister endlich davon ablassen wollen, die Menschen zu bedrängen? Doch schnell wurde er eines Besseren belehrt:

jawohl! rief Habgier, "*natürlich – in dieser nacht sitzen auf der ganzen welt die menschen und berechnen ihren gewinn von den geschenken!*

*und rechten mit den ihren, wenn sie mehr gaben als bekamen,*fügte Selbstsucht hinzu, und Stolz ergänzte:

und sie sind beleidigt, und sie streiten!

und sie essen zu viel, sprach Völlerei, *und sie saufen,* ergänzte Trunksucht, *und sie lügen, streiten und am ende prügeln sie sich!,* vollendete der Chor der dunklen Geister ihr Freudenlied.

in dieser nacht sind sie dumm, die menschenwürmer, dumm dumm dumm, stimmte Dummheit an, und seine misstönende Stimme dämpfte das Hochgefühl der dunklen Geister sichtlich.

Bürgersinns Laune bedurfte keiner Dämpfung, denn einerseits musste er sich wohl selbst die Schuld geben an der übermäßigen Freude der dunklen Geister – *hätte ich bloß nie mit dummheit geredet!* – und andererseits musste er eingestehen dass diese auch noch Recht hatten.

Wenigstens ein bisschen. Selbstsucht und Eitelkeit bedrängen die Menschen an jedem Tag des Jahres, doch in der Nacht der Wintersonnenwende trat dies häufiger ans Licht als bei allen anderen Gelegenheiten.

vielleicht, weil so viele lichter entzündet werden, überlegte Bürgersinn, *oder so viele hoffnung auf den inhalt der päckchen gelegt wird.*

Im ganzen Land und in allen Ländern bereiteten die Menschen das Fest der Wintersonnenwende vor, reinigten und schmückten ihre Häuser und Stuben, hängten bunte Laternen an die Wege und Plätze und machten große Geheimnisse aus dem, was sie in buntes Papier zu verpacken hatten.

So war es Brauch, und es war ein schöner Brauch, in der dunkelsten Nacht ein Fest zu feiern, das der Hoffnung gewidmet war – vor Zeiten nur der Hoffnung, das der Winter enden sollte, bevor die Vorräte schwanden.

Nun, es ist lange her, das die Menschen auf das

"Genug" nur hoffen konnten – so hoffen sie heute auf das "Mehr". Und in jedem Jahr hängen sie mehr Laternen an die Wege und Plätze, um ihrer Hoffnung und Vorfreude Ausdruck zu verleihen.

In diesem Jahr glänzten die Städte und Höfe wie nie zuvor, und voller Erwartungen begannen die Menschen an diesem Abend, ihr Fest zu feiern.

Natürlich wurde gegessen, und natürlich getrunken und oft ging beides über das Maß. Und hier und dort entsprang auch ein Streit, regte sich Missmut und Enttäuschung, und es schien, als sollten die Geister der Dunkelheit recht behalten.

Doch eben, als die tiefste Dunkelheit über der Welt lag, da erklangen laute Stimmen in jedem Ort und riefen die Menschen vor die Türen.

Und alle kamen heraus und staunten: Hoch im Norden erschien ein Licht, ein Polarlicht, so weit und so hell und so farbenprächtig, wie sie es noch niemals gesehen hatten. Und je länger sie sahen und staunten, desto mehr vergaßen die Menschen ihre Enttäuschungen und ihren Streit, und schließlich waren alle überzeugt, wenn nicht ein Wunder, so doch ein besonders gutes Zeichen gesehen zu haben.

Und sie waren voller Hoffnung.

es ist egal, wer das licht entzündet, und warum: es ist das licht, erklärte Hoffnung dem verwirrten Bürgersinn später. *auch du solltest wenigstens einmal im jahr daran glauben*

aber ein freudenfeuer, von selbstsucht entzündet ..., versuchte er einzuwenden, doch Hoffnung unterbrach: *und du solltest endlich begreifen, das skepsis nur der gebildete bruder von dummheit ist.*

So am Rande bemerkt.

Gelegentlich werden mir Fragen gestellt, und einige dieser Fragen wiederholen sich regelmäßig. Etliche sind keiner Beantwortung würdig; so zum Beispiel die Gretchenfrage.

Zu dieser Frage berechtigt wäre allein – aber der weiß es ja schon. Und natürlich Gretchen. Wer denn nun das Gretchen ist, das, mit Verlaub, geht euch ebenfalls nichts an.

Andere sind eher banal: Seit wann schreibst du, und wie kommst du auf deine Ideen, wovon lebst du und wie viel verdienst du mit den Büchern ...

Also: Ich schreibe, wie die Meisten, seit meinem sechsten Lebensjahr – anfänglich eher unter Zwang, und zunächst in dem Genre "Schleifen und Kreise". Die Fantasy hat es mir aber schon frühzeitig angetan. Verschiedene Aufsätze zu dem Thema "Warum hast du deine Hausaufgaben nicht gemacht" fanden einige Beachtung in Fachkreisen.

Später entdeckte ich die Möglichkeit, durch geschickten Einsatz des schriftlichen Ausdrucks von Mängeln in der Orthographie[4] abzulenken – das war natürlich, bevor ich den Nutzen von Lektorinnen erkannte.

Nun, daraus resultierte meine heute noch gültige Antwort auf die Frage, warum ich schreibe: einfach, um schlimmeres zu vermeiden ...

Vielleicht sollte ich das erklären? Wenn ich aus dem Fenster sehe, fällt mein Blick auf den Ausgang der

---

4   An dieser Stelle herzlichen Dank an Ann, die mich vor allerlei Peinlichkeiten bewahrt hat

Bahnhofsunterführung, auf das Tor zur Unterwelt, sozusagen. An Tagen, da im Stadion ein Pflichtspiel stattfindet, ergießen sich aus dieser Pforte die Horden der Orks oder Klingonen – so wirkt es jedenfalls – , stimmen Hassgesänge an und machen sich daran, Mittelerde zu vernichten. Oder wenigstens die Südstadt.

Aber auch an normalen Tagen entsteigen den Tiefen der Nahverkehrshölle gar grausliche Gestalten, vom gewöhnlichen Trunkenheitssänger über den unbeteiligten Weggucker bis hin zum Schreckgespenst der Bürgerwehrnachtrauerer und Starkermannbefürworter.

Flankiert wird das Tor zur Unterwelt von einem einsamen roten Kasten, der in endloser Geduld die Hetzschriften der Wort – und Sinnverkürzer anpreist, ohne dem Schrecken Einhalt gebieten zu können, im Gegenteil.

An manchen Tagen wünscht man sich da ein Schwert. Einen Balmung oder Exalibur, zur Not ein Lichtschwert oder einfach ein namenloses, aber scharfkantiges Ding, mit dem man prima ausholen und die Welt in Ordnung bringen kann.

Der Nachteil ist nur: mit so etwas umzugehen will gelernt sein, und Meister Yoda hatte gerade keinen Termin frei. Dafür aber mein Deutschlehrer[5].

So etwas prägt.

Die Feder ist mächtiger als das Schwert.

Ein passendes Bildungssystem mal vorausgesetzt.

---

5) Der gute Mann hatte derartig viel Zeit für mich, dass die normalen Unterrichtsstunden gar nicht ausreichten deshalb er mich gelegentlich zum längeren Verweilen in seiner Obhut einladen müssen.

ganz zum Schluss:

Brecht hatte Unrecht.
Es gibt eine Teilmenge der Moral, die vor dem Essen
kommt. Und nach dem Trinken erhalten bleiben soll.

Prosit!

Vom gleichen Autor:
Die Eichenburger Chroniken I
Die Detektive von Eichenburg
bei Books on Demand GmbH
ISBN-Nr: 9783837008180

in Vorbereitung:
Die Eichenburger Chroniken II
Die seltsamen Schwestern von Eichenburg
Erscheint ~ Februar 2008

Kontakt und Information:
ETC-AKTUELL.DE

Um das fantastische Bild von Stefano nicht zu verunstalten, gibt's den Klappentext hier drinnen. Schön, dass du ihn gefunden hast.

In den Regionen nördlich des Eichenburger Landes regieren im Winter die Geister.

Unter Ihnen befinden sich Schreckensgestalten wie *Habgier*, *Selbstüberschätzung* und *Dummheit*, die Ihr Ziel, die Ausrottung der Menschheit, mit Ausdauer und Ideenreichtum verfolgen.

Von *Dummheit* mal abgesehen.

Vier Kurzgeschichten und ein Gleichnis, eingebettet in und begleitet von den Ansagetexten einer Lesung: Ein Hörbuch in Papierform, sozusagen.